COLL

DE

M. Charles GAUDELET

—

TABLEAUX

OBJETS D'ART & DE CURIOSITÉ, FAYENCES, PORCELAINES, GRÈS DE FLANDRE, IVOIRES, ÉMAUX, MEUBLES, PENDULES & BIJOUX DIVERS, COLLECTION DE LIVRES ILLUSTRÉS.

—

VENTE

les Lundi 27 et Mardi 28 Mars 1871

Au domicile de M. GAUDELET, rue Basse, 54.

CATALOGUE

DE LA

COLLECTION D'OBJETS D'ART

**Tableaux, Porcelaines, Faïences, Emaux, Ivoires,
Vitraux, Meubles anciens, Armes, Curiosités,
Argenterie et Bijoux.**

UNE BELLE COLLECTION DE LIVRES & GRAVURES

COMPOSANT LE CABINET DE

feu M. Charles GAUDELET,

Peintre-Verrier à Lille,

dont la Vente aura lieu aux enchères publiques, au domicile
du défunt, rue Basse, 54,
les Lundi 27 et Mardi 28 Mars 1871, de 9 heures et demie du matin
à midi, et de 2 à 5 heures de relevée,

par le ministère de M° Félix PAJOT, commissaire-priseur,
RUE DES FOSSÉS, 15, A LILLE.

ASSISTÉ

POUR LA VENTE DES LIVRES ET ESTAMPES,	POUR LA VENTE DES TABLEAUX, etc., etc.,
de M. LELEU, libraire, rue du Curé-St-Etienne, 11	de M. C^lle BENOIT, peintre, rue Beauharnais, 33.

Lesquels se chargent des commissions.

EXPOSITION PUBLIQUE

Dimanche 26 Mars 1871,

de onze heures du matin à trois heures de l'après-midi.

LILLE 1871.

Ordre des vacations.

Lundi 27 Mars, 1re vacation : Tableaux,   N°s 1 à 51.
   (à 9 heures 1/2)   Sculptures   52 à 60.
                          Cuivres et bronzes, 84 à 115.
                          Tapisserie, 266.

Le même jour , 2e vacation : Sculptures, N°s 61 à 72.
   (à 2 h. 1/2)   Ivoires, 74 à 83.
                          Emaux, 116 à 129.
                          Faïences, 153 à 183.
                          Vitraux et objects divers, 267 à 275.
                          Ivoire (Triptyque), 73.

Mardi 28 Mars, 1re vacation : Porcelaines N°s 130 à 152.
   (à 9 heures 1/2)   Faïences, 184 à 232.
                          Meubles, 234 à 249.
                          Armes, 259 à 265.
                          Pendules, 250 à 258.
                          Meubles (armoires), 233.
Le même jour (à 2 h. 1/2), 2e vacation : Livres, Estampes et dessins.

Tableaux.

1. Eliézer et Rébecca, peinture du temps de la renaissance, h. 99, l. 125, cadre de l'époque.

2. BOSCHAERT.—Fleurs dans un vase, deux tableaux formant pendants, t., h. 68, l. 58.

3. DE BAST. — Petite Marine, t., h., 12, l. 17.

4. FRANCK. — Mariage mystique de Sainte Catherine, b., h. 27, l., 21.

5. VAN OST. — Portrait, b., h. 31, l. 24.

6. VAN OST. — La Vierge et l'enfant Jésus entourés d'anges, t., h. 52, l. 39.

7. VAN OPSTAL. — La Toilette de Judith, b., h. 21, l. 17.

8 VAN ORLEY. (attribué à) — La Vierge et l'enfant Jésus, b,, h. 44, l. 37, cintré.

9. WAMPS. — La Cène (esquisse), t., h. 62, l. 42.

10. Triptyque, représentant le miracle de Saint Amé, les volets peints des deux côtés. — tableau central, b., h. 35, l. 21.; chaque volet, h. 35, l. 8.

11. RENAISSANCE FLAMANDE. — Le Christ descendu de la Croix, b., h. 91, l. 59.

12. Un Donataire et saint Paul, b., h. 91, l. 59.

13. ECOLE FLAMANDE.— La Vierge, l'Enfant Jésus et saint Jean, t., l. 80. h. 11

14. ECOLE FLAMANDE. — Sainte-Famille, la Vierge, l'enfant Jésus, saint Joseph et sainte Anne, b., h. 55, l. 74.

15. La Vierge, l'enfant Jésus et saint Antoine, b., h. 22, l. 20.

16. Christ en Croix, b., h. 40, l. 25.

17. Tête de Christ, b., h. 50 l. 38.

18. Saint Sébastien, saint Roch, saint Maurice, saint Charles Borromée, 4 peintures réunies dans un même cadre, b., h. 42, l. 62.

19. La Visitation, cuivre, h. 15, l. 12.

20. La Présentation au Temple, rond, diamètre 18.

21. Saint Pierre, cuivre, h. 19, l. 12.

22. Sainte Thérèse, cuivre, h. 16. l. 12.

23. Inconnu. Le Christ descendu de la Croix, belle composition de huit figures; dans le fond, le Christ mis au tombeau, t., h. 110, l. 160.

24. Inconnu. La Vierge, l'enfant Jésus et sainte Anne.

25. Salvator Mundi, ancienne peinture.

26. Saint Ignace de Loyola, b., h. 95, l. 53.

27. Portrait d'une religieuse, daté 1598, b., h. 95, l. 53.

28. Attribué au Guide : Martyre de sainte Catherine, t., h. 56, l. 36.

29. Entrée de Jésus à Jérusalem, c., h. 17, l. 13.

30. La Nativité, peinture en détrempe, b., h. 63, l. 50.

31. Monogramme Q, F, R, Jésus présenté au Peuple, b., h. 83, l. 55, cintré.

32. Le Couronnement de la Vierge, c., h. 28, l. 21.

33. Sainte Famille, le Père Éternel et le Saint-Esprit dans une gloire, b., h. 135. l. 103.

34. La Sainte Vierge et l'enfant Jésus, t., h. 100, l. 65.

35. Sainte Face, b., h. 35, l. 25.

36. Saint Barthélemi, buste d'après Jordaens, t., h. 56. l. 45.

37. Fleurs dans un vase, petit tableau d'un très beau fini, b., h. 30, l. 23.

38. Chien, chat, volaille et ustensiles de cuisine, b., h. 19, l. 31.

39. Nature morte, fruits et poissons sur une table, b., h. 28, l. 32, signé.

40. Mariage de Sainte Anne, tableau gothique d'une belle conservation, avec la date de 1575, b., h. 115. l. 95.

41. La mort de Sainte Anne, pendant du précédent. Ces deux peintures possèdent leur cadre du temps.

42. Tableau gothique, la Vierge et l'ange de l'Annonciation, 2 pendants, b., h. 71, l. 48.

43. Antique : Mise au tombeau, b., h. 71, l. 103.

44. ECOLE FRANÇAISE. Suvée. — Alexandre et Apelle, esquisse, cadre sculpté, b., rond, diamètre 30.

45. Le Concert champêtre, dessus de porte, genre Lancret, t., h. 110. l. 90.

46. Moderne (Raspail). Oiseaux morts, b., h. 23, l. 19. (Exposition de Lille 1866).

47. Inconnu. Christ en croix entouré de plusieurs saints, t., h. 200. l. 133.

48. ECOLE ITALIENNE. — La Sainte Vierge, l'enfant Jésus et saint Jean, b.. h. 59, l. 50.

49. Fleurs dans un vase, t., h. 45. l. 59.

50. Deux Médaillons ronds, peinture sur porcelaine, cadres dorés, diamètre 10.

50 bis. Une quantité de cartons pour vitraux, par MM. Mottez, Cherrier, etc. *(Ce lot sera divisé)*.

51. Un superbe Bouquet, grande aquarelle par M. Charles Gaudelet.

Sculptures.

52. Bas-relief: *Ecce homo*, le Christ assis sur la croix, tenant le roseau à la main, figure en marbre blanc rehaussé d'or dans un cadre ancien, h. du bas-relief, 30, l. 23.

53. Bas-relief: St-Michel à cheval terrassant le démon. Joli groupe en marbre, h. avec le socle, 51.

54. Ronde bosse : Ste-Catherine debout appuyée sur l'instrument de son supplice, marbre blanc, h. 32.

55. Figure en ronde bosse: Vierge à l'Enfant, gothique; il manque la tête de l'enfant et le bras droit de la vierge, marbre blanc, h. 33.

56. Fragment: Personnage couché, marbre blanc, h. 20.

57. St-Luc, figure gothique en pierre, h. 45.

58. Ste-Catherine, figure gothique en pierre, h. 45.

59. Fragment: Ronde bosse, tête d'évêque, en pierre, d'un beau caractère, demi-nature.

60. Bois sculpté : St-Roch avec l'ange, groupe en bois ronde bosse, h. 75.

61. Le Christ sur le chemin du calvaire, groupe de cinq figures, haut-relief, h. 73.

62. Ste-Anne, la Vierge et l'enfant Jésus, groupe en ronde bosse, h. 57.

63. St-Roch, ronde bosse, h. 57.

64. Vierge Mère, ronde bosse, sur un socle sculpté, h. 72.

65. Buste de St-Pierre dans un médaillon, bas-relief, h. 55., l. 100.

66. Deux figures d'anges en ronde bosse, bois doré, faisant pendant, h. 53.

67. Deux bustes peints et dorés, h. 38.

68. Un Evêque faisant l'aumône, ronde bosse, h. 51.

69. St-Sébastien, statuette gothique, bois, h. 48.

70. La Ste-Vierge, la Madeleine et St-Jean au pied de la croix, groupe en bois, h. 42.

71. St-Jérôme, statue en bois peint, h. 60.

72. Petite statuette de la Vierge moderne, h. 29.

Ivoires.

73. Un superbe triptyque représentant les quatre évangélistes, figures de haut relief dans des niches gothiques; charnières en argent, hauteur de chaque figure, 10; le triptyque ouvert, h. 21. l. 33.

74. Un triptyque ivoire. Sujet du milieu: le couronnement de la Vierge, les figures des côtés, St Louis et Ste   h. 15 sur 15 de largeur.

75. Petit bas-relief gothique, adoration des Rois Mages ; joli groupe de six figures.

76. Petite plaque ivoire ancien, l'adoration des Rois Mages, h. 9 l. 6.

77. Une petite plaque ivoire ancien, Christ en croix.

78. Une belle petite plaque ivoire ancien, l'Annonciation, cadre d'ébène.

79. Partie de triptyque, deux figures.

80. Un bel étuis ivoire à jour, riche d'ornement.

81. Une jolie Boîte Louis XIV, ivoire.

82. Un fragment de Christ, ivoire.

83. Deux Coquilles gravées : Amphytrite et la Marchande d'Amours.

Cuivre, Bronze.

84. Une Paix, cuivre argenté, XVe siècle. (exposition universelle de Paris).

85. Un Encensoir cuivre, époque de la renaissance.

86. Un Encensoir, cuivre repoussé, style Louis XV.

87. Un Encensoir, cuivre argenté, même époque.

88. Une Croix, cuivre du XVe siècle.

89. Deux bas-reliefs, cuivre repoussé, St-Antoine et un Chevalier armé de toutes pièces.

90. Une belle Fontaine en cuivre.

91. Un bas-relief en cuivre doré, la Nativité, cadre en racine.

92. Une Bouilloire en cuivre avec son réchaud.

93. Un St-Ciboire, cuivre doré.

94. Un St-Ciboire, cuivre.

95. Un St-Ciboire, cuivre argenté et gravé, XVIIIe siècle.

96. Un St-Ciboire argenté et doré.

97. Deux Buires, cuivre doré.

98. Un Plat à barbe et pot, cuivre.

99. Un Panier, cuivre repoussé, riche d'ornement, XVIIIe siècle.

100. Un couvercle de bassinoire, cuivre repoussé.

101. Deux Chaufferettes, cuivre, portant les dates de 1777 et 1780.

102. Un Plateau de bois garni de cuivre (Louis XV).

103. Deux petits bas-reliefs en cuivre, descente de croix et mise au tombeau.
104. Un médaillon cuivre : Minerve.
105. Deux médaillons, bronze ciselé : le Christ et la Ste Vierge.
106. Un St-Sacrement, cuivre doré et argenté.
107. Un St-Sacrement, cuivre argenté.
108. Deux petits flambeaux d'autel, cuivre (moderne).
109. Deux flambeaux style Louis XVIe, cuivre argenté.
110. Deux paires de flambeaux en cuivre, plus un dépareillé.
111. Deux petits flambeaux gothiques.
112. Deux petits mortiers, bronze, avec la date de 1573 et 1580.
113. Une stuette en bronze, la Vierge avec l'enfant Jésus, h. 23 c.
114. Une Statuette cuivre sur un socle : Amour jouant de la vielle.
115. Une superbe boite à thé, étain avec incrustations en cuivre.

Emaux.

116. Un Tableau émail moderne la Justice, d'après Prudhon, h. 19, l. 27.
117. Un Plat byzantin, émail cloisonné ; sujet du milieu : Christ en croix.
118. Un Boite émaillée Louis XV, sujet genre Watteau, jolie peinture.
119. Une jolie Boite à thé.
120. Une Boîte ovale, émaillée, riche d'ornements.
121. Une Boite à mouches et une petite plaque. (Groupe d'amour).
122. Un Reliquaire (cabochons) XIIIe siècle.
123. Hérodiade recevant la tête de St-Jean-Baptiste, émail moderne.
124. Un Plaque, émail cloisonné : la comtesse Marguerite de Flandre.
125. Trois Plaques émaillées, armoiries.
126. Cinq petites Plaques, émail moderne. (Anges et chiffres).
127. Une série de Chiffres émaillée, pour un cadran.
128. Un Médaillon : Polymnie.
129. Un Bénitier (figure d'ange).

Porcelaines.

130. Deux Tasses avec soucoupes et couvercles, porcelaine de Chine.
131. Cinq Magots Chine, à diviser.

132. Un Plat bleu, Chine.
133. Six Assiettes, Chine.
134. Deux Sucriers, Chine.
135. Deux Potiches, Chine.
236. Cinq Assiettes Chine rouge et cr.
137. Deux Assiettes Japon bleu.
138. Jolie Théière, Japon.
139. Une Potiche Japon bleu.
140. Deux Sucriers Japon bleu.
141. Une Aiguière et six petites tasses et soucoupes en Japon.
142. Deux Cruches, Japon.
143. Une Tasse et Couvercle, Sèvres.
144. Deux Soucoupes, porcelaine fine.
145. Petit Groupe émaillé : Pomone, Enfant et Chèvre.
146. Deux Poissons, porte-bouquet, Chine.
147. Statuette émaillée : Chinois et Bouc.
148. Un petit Éléphant, porcelaine de Saxe, vente Dujat.
149. Un Pot à Crème, pâte tendre.
150. Un Sucrier, porcelaine de M. Desruelles.
151. Une Tasse porcelaine avec soucoupe, dessin or et couleurs (Desruelles).
152. Une Tasse avec couvercle et soucoupe.

Fayences.

153. Deux Appliques fayence : sainte Catherine et sainte Thérèse.
154. Deux Corbeilles à jour, fayence de Marseille.
155. Deux Cornets, Rouen.
156. Cinq Plats et un Saucier à la rose (à diviser).
157. Un Pot et Bassin, fayence ancienne.
158. Un Pot, fayence moderne, couvercle en étain.
159. Une Soupière, fayence de Lille.
160. Une Soupière, fayence ancienne.
161. Ue Pot, fayence de Lille.
162. Un Sucrier, Rouen.
163. Saladier et Jardinière.
164. Neuf Assiettes, en Delft. (à diviser).

165. Un Sucrier, fayence de Strasbourg, signé Hanon.
166. Un Pot, fayence à la corne.
167. Un Porte-Bouquet, fayence.
168. Sept pièces, fayence à la corne (à diviser).
169. Petit Saladier, Rouen.
170. Quatre Plats à sujets, Sèvres.
171. Quatre Plats hollandais.
172. Trois grands Plats, Hollande (dont un recollé).
173. Trois grands Plats, Hollande.
174. Plaque en Delft., avec sujets : (oiseau et paysage).
175. Plaque en Delft., avec sujet bleu : la Cène.
176. Trois Assiettes, fayence de Marseille.
177. Dix Assiettes, fayence.
178. Trois Assiettes (Delft).
179. Une belle Soucoupe, fayence Jean.
180. Deux Plats ovales, Lille.
181. Deux Plats bleus, Lille.
182. Deux grands Plats, fayence de Lille.
183. Trois Plats, fayence de Lille (plus petits).
184. Deux Plats (Delft.)
185. Grand Plat : le Jeu de Cartes, fayence moderne.
186. Petit Plat : Mercure, fayence moderne.
187. Palissy (copie) plat avec mascarons
188. Fayence moderne : Eliézer et Rébecca.
189. Fayence moderne : charmant paysage avec pièce d'eau.
190. Une assiette moderne : la belle Angélique attachée au rocher.
191. Une grande Console, fayence moderne, h. 45c
192. Une Console, fayence moderne (plus petite).
193. Deux Vases. Peintures, plantes aquatiques et insectes. Ces deux
     vases sont montés sur pied. Hauteur sans le pied, 35.
194. Deux Vases à la corne (copie) h. 30 c.
195. Deux Vases modernes, genre Palissy (sujets d'enfants).
196. Deux Vases modernes, genre Palissy (tête de Satyre).
197. Deux Vases modernes, genre Palissy (tête de Méduse).
198. Une Fontaine avec sa boîte à savon. Modèle à la corne
199. Un Rafraîchissoir, anses têtes de Satyre (façon Rouen).
200. Deux Cache-Pots, dessins bleus, anses en relief, têtes de Bouc
     (façon Rouen).

201. Deux Cache-Pots, sujets en relief, imitation Rouen.
202. Deux Jardinières, imitation de Rouen.
203. Deux Caches-Pots, imitation de Rouen.
204. Un Rafraîchissoir, fayence de Gien, imitation de Rouen.
205. Une douzaine Assiettes de Gien, imitation ancienne.
206. Une douzaine Assiettes, fayence de Gien, sujets renaissance.
207. Deux Assiettes, fayence moderne avec sujets antiques.
208. Huit Assiettes de Gien, imitation à la corne.
209. Six Assiettes de Gien, modèles variés.
210. Six assiettes de Gien, imitation fayence ancienne, avec chiffres.
211. Deux petits Chiens, fayence.
212. Deux Vide-Poches, fayence bleue.
213. Quatre Assiettes de dessert, feuilles de vigne.
214. Deux Magots chinois.
215. Un Flacon et une Potiche, fayence bleue.
216. Une grande Potiche bleue, sujet pastoral.
217. Deux Potiches, dessins bleus.
218. Deux Potiches en Delft. — deux idem dessins en couleurs.
219. Une Grenouille, par Avisseau, et deux Perroquets.
220. Six Tasses avec soucoupe, fayence anglaise.
221. Deux Théières, porcelaine de Fimes, une Cafetière et un Pot au lait.
222. Un lot : six Cruches grès de Flandre, modèles divers (à diviser).
223. Une Théière en grès, ornements fleurs de lys.
224. Deux Cruches modernes (détériorées).
225. Grès de Flandre, une Cruche riche d'ornementation, sept effigies
    de Rois et Reines avec armoiries (détérioré) h. 30.
226. Une Cruche, émail bleu h. 27. — Une idem h. 27.
227. Une idem, couvercle en étain. — Une autre idem.
228. Deux Bouteilles, figures de femmes (grès ancien).
229. Une Théière et un Pot au lait, fayence dorée.
230. Deux Statuettes en grès modernes et quatre autres pièces.

Argenterie et Bijoux.

231. Un très bel Huilier, style de l'empire, avec carafes en cristal taillé.
232. Deux Salières Louis XVI.
233. Un Moutardier.

233 *bis*. Douze Fourchettes aux huitres.

233 *ter*. Une très belle Tabatière en or ciselé.

234. Six Cuillères à café en vermeil.

234 *bis*. Une Montre en or garnie de perles.

234 *ter*. Couverts, Louches, et diverses autres pièces d'argenterie.

Meubles.

235. Une fort belle Armoire en bois sculpté, ferrures de l'époque, style de la renaissance, h. 218 c. l. 172.

235 *bis*. Un Meuble ancien, la partie supérieure ornée de cariatides. h. 2 m., l. 1 m. 40.

235 *ter*. Grande Armoire en marqueterie, style Louis XV, h. 212, l. 179,

236. Une Table ancienne en chêne sculpté.

237. Un Buffet en chêne sculpté, garni de clous de cuivre.

238. Chapelle gothique en bois sculpté: le groupe central représente le Christ descendu de la croix; dans les angles, attributs des Evangélistes; peinture du volet de droite, Christ en croix et mise en croix; volet de gauche, la résurrection et Jésus retire les âmes du purgatoire, h. 85. l. 55.

239. Chapelle renaissance en bois sculpté, peinte et dorée, belle peinture centrale représentant la sainte Face, h. 85. l. 60.

240. Une Cheminée à colonnes torses, fronton ornements à têtes de lion, h. 146, l. 184.

241. Table de nuit en bois sculpté, style renaissance.

242. Un petit Coffre en marqueterie.

243. Six Chaises rustiques sculptées.

244. Un Bahut, belles sculptures, avec la date de 1670.

245. Un lot: Panneaux et bois sculptés, 16 pièces.

246. Un lot: Bois sculpté, 12 fragments.

247. Un lot de quatre encadrements sculptés, figures et ornements, belle conservation.

248. Un joli Socle, deux têtes d'anges, bois sculpté.

249. Un lot: Deux bas-relief et une tête d'ange, bois sculpté.

Pendules.

250. Belle Pendule sur console, garniture en cuivre doré, style Louis XV.

251. Pendule avec socle, style Louis XV.

252. Une petite Pendule Louis XVI, garniture cuivre et marbre blanc.
253. Une Pendule style Louis XVI. Sujet : Mars enfant.
254. Une Pendule à poids avec sa caisse en chêne sculpté.
255. Une Pendule Renaissance, cadran en cuivre, chiffre émaillé.
256. Une grosse Montre d'argent garnie de pierres fines, provenant de la collection Vanderhelle.
257. Une Montre d'argent; le cadran, très curieux, représente les uniformes de l'infanterie hollandaise.
258. Un cadran solaire en cuivre, inscription et armoiries gravées.

Armes.

259. Une Hallebarde.
260. Un Fusil Louis XIII.
261. Un Couteau catalan.
262. Deux Poignards indiens.
263. Une paire de Pistolets, canons en cuivre.
264. Un superbe Mousqueton (garde royale).
265. Une ancienne paire de Pistolets de cavalerie (garde royale).

Objets divers.

266. Une belle Tapisserie de Flandre représentant l'Arbre de Jessé et différents sujets de la passion du Christ, daté de 1739.
267. Un superbe Bouquet, tapisserie des Gobelins.
268. Deux Appliques pour six bougies, cristal et cuivre doré.
269. Une paire de Babouches.
270. Chapelet avec une croix. — Reliquaire en argent.
271. Un lot de Serrures et Clefs anciennes *(sera divisé)*.
272. Un lot de quelques Médailles, Cachets et Monnaies anciennes.
273. Une grande quantité de Vitraux anciens, Médaillons, Fragments.
274. Un superbe Châle de l'Inde ancien.
275. On vendra sous ce N° les articles omis au catalogue.

Livres.

1. ANCELOT. Œuvres complètes, précédées d'une notice par Saintine, grand in-8 demi-rel. chagrin vert. Paris, 1838.

2. Annales de la Société d'Horticulture du département du Nord. Années 1829 (origine) à 1838, deux forts vol. in-8. Lille, 1829-38.

3. Ancien manuscrit gothique sur vélin, avec une peinture, relié en bois gauffré.

3 bis. ARIAS-MONTANUS. Humanæ salutis monumenta, petit in-8 jolies fig. sur cuivre. Anvers, Plantin 1571.

4. ARMENGAUD. Les galeries publiques de l'Europe. ROME, très-beau vol. grand in-4, demi rel. maroquin rouge. Paris, Lahure 1859.

5. ARMENGAUD. Les chefs d'œuvres de l'art chrétien in-4, cart. tr. dor. Paris, Lahure 1858.

6. BARTHÉLEMY. Némésis, satire hebdomadaire 7ᵉ édit. grand in-8. fig. par Raffet, demi-rel. chagrin noir. Paris Perrotin, 1845.

7. BATISSIER. Histoire de l'art monumental dans l'antiquité et au moyen. âge, grand in-8. Fig. noires et coloriées, jolie demi-rel. maroq-rouge. Paris, 1860.

8. BATISSIER. Eléments d'archéologie nationale avec une histoire de l'art chez les anciens, fort vol. in-8. Paris, 1843.—Manuel de l'atr héraldique in-8.—Manuel du graveur in-8 et trois autres vol. peinture sur verre et sur porcelaine.

9. DE DEAUMONT, (Adalbert). Recherches sur l'origine du blason et en particulier sur la fleur de Lys, in-8 planches. Paris, 1853.—Abécédaire d'archéologie par M. de Caumont in-8 cart. Paris, 1850. *Ex. fatigué.* Description de quelques termes d'archéologie par le même in-8 broch. — Recherches sur la peinture sur émail par Dussieux, in-8 broch. Paris, 1841.

-10. BIBLE. De historien van het ouden en nieuwen testament. Bible hollandaise avec les gravures (139) de Romain de Hooghe, in-fᵒ.; veau gauffré. Amsterdam.

11. BONNE et DESMARETS. Atlas encyclopédique de géographie ancienne, moyen-âge et moderne, par MM. Bonne et Desmarets, 2 vol. in-4 cart. Paris, 1777.

12. L'abbé BRISPOT. Vie de Jésus écrite par les quatre évangélistes, illustrée de 130 gravures d'après les dessins de Jérome Natalis, deux vol. in-fᵒ. broch. Paris, 1840.

13. BRISSEAU-MIRBEL. Elémens de physiologie végétale et de botanique (planches) in-8 cart. — Eléments de botanique par Richard, in-8 demi-rel. et six autres vol. divers.

14. **Brun-Lavainne**. Les sept sièges de Lille grand in-8 plan, cart. Lille, 1838. — Topographie historique, statistique de Cassel par de Smyttère, in-8 pl. demi-rel. Lille, 1833.

15. **Buffon**. Œuvres complètes, avec les extraits de Daubenton, 6 vol. grand in-8 broch. fig. col. demi-rel. chag. vert. Paris, Furne 1853.

16. **Buffon** de **Lesson**. Compléments de Buffon, deuxième édit., 2 vol. grand in-8 fig. col. demi-rel. chagrin vert à nerfs. Paris, Garnier 1848.

17. **Bulletin** scientifique, historique et littéraire du département du Nord. Année 1869, et janvier à juillet 1870. Lille, Castiaux 1869-70. En livraisons.

18. **Capronnier**. Les vitraux de la cathédrale de Tournai dessinés avec texte explicatif par Descamps et le Maistre d'Anstaing, très grand vol. in-folio orné de quatorze planches coloriées. Bruxelles 1848. *L'exemplaire est fatigué.*

19. **Caumont**. Abécédaire ou rudimens d'archéologie (architecture religieuse) in-8 demi-rel. chagrin noir fig. Paris, 1859.

20. **Constitution** de l'ordre de saint François, in-4 caract. goth. rel. fig. sur bois. Paris, 1508. — Bréviaire manuscrit avec musique notée in-4 ublond rel, partie d'hiver.

21. **Cooper**. L'Espion, le Paquebot américain, Eve Effingham, 3 vol. iu-8, grav. sur acier, demi-rel. v. vert. Paris, Furne 1839.

22. **De Coussemaker**. Orfèvrerie du XVIIIᵉ siècle. Châsse et croix de Bousbecque, broch. in-4, ornée de deux superbes chromos. Lille, 1861.

23. **Debuire du Buc**. Chansons, deux vol. in-12 fig. broch. Lille, 1861.

24. **Desbarolles**. Les mystères de la main expliqués, fort vol. in-12 broch. Paris, 1860. — Le Mot de l'Énigme par L. Dépret. in-12 broch. et sept autres vol. romans divers in-12 broch.

25. **Desessarts**. Les grandes peintres, illustrations par Hadamard, beau vol. grand in-8 fig. cart. tr. dr. Paris, 1868.

26. **Dictionnaire** de l'Académie, huitième édit. deux vol. in-4. rel. Paris, 1814. — Supplément au dictionnaire de l'Académie troisième édit. in-4 broch. Paris, 1829.

27. **Dictionnaire** de la conversation et de la lecture, cinquante-deux vol. in-8 demi-rel. neuve. Paris, Belin Mandar 1832-39.

28. **Doré** (Gustave). La Légende du juif errant, compositions et dessins deuxième édition, grand in-fᵒ. fig. cart. Paris, 1862.

29. **Dulaure**. Histoire physique, civile et morale de Paris, annotée par Leynadier, 4 vol. grand in-8 fig. demi-rel. Paris, 1857.

30. **Engelman**. Livres d'heures d'après les manuscrits de la bibliothèque royale, entièrement gravé et colorié d'après le procédé Engelmann petit in-8 orné de jolies figures à l'instar des anciens manuscrits rel. riche maroquin du levant, façon antique avec fermoirs ne argent. Paris, 1846. *Livre d'une très belle exécution.*

31. Figuier. Histoire des plantes, ouvrage illustré de 200 gravures grand in-8 rel. chagrin vert. Paris, 1865. *Le titre et la préface, tachés d'humidité.*

32. Figuier. La terre avant le déluge, grand in-8 orné d'un grand nombre de figures, belle demi-rel. tr. dr. Paris, Hachette 1863.

33. Flandrin (Hyp.) Frise de la nef de l'église de saint Vincent-de-Paul peinte, reproduite en lithographie. Album de 14 planches in-f° oblong cart.

34. Fouquier. Causes célèbres de tous les peuples, édit. illustrée. 5 vol. vol. gr. in-8 demi-rel. bas-rouge fig. Paris, 1862.

35. De Franciosi. Lettres à madame Z. L. sur la botanique in-8, broch. Lille, 1858.

36 Frédol, (Alf.) Le monde de la mer illustré de 22 planches en couleur et d'autres fig., grand in-8 jolie demi-rel. tr. or. Paris, Hachette 1866.

37. Gallois (Léonard.) Histoire de la Révolution de 1848, 4 t. en deux vol. grand in-8 fig. demi-rel. Paris, 1851.

38. Guilbert (Mlle. Livre d'heures et offices de l'Eglise illustrés d'après les manuscrits, in-8 carac. goth. demi-rel. chagrin noir fig. Paris, 1943.

39. Gouin. L'Egypte au XIXᵉ siècle, histoire militaire et pittoresque, grand in-8, figures noires et coloriées. Paris, 1847.

40. Guillemin (A). Le Ciel, notions d'astronomie à l'usage des gens du monde et de la jeunesse, grand in-8, très belle demi-rel. fig. noires et col. Paris, Hachette 1864.

41. Houdoy. La Halle échevinale de la ville de Lille, 1235-1664, in-8, fig., br. Lille 1870.

42. Houdoy. Histoire de la Céramique lilloise, gr. in-8, fig. pap. vergé. Lille 1869.

43. Houdoy. Recherches sur les manufactures lilloises de porcelaine et de fayences, in-8, br. Lille 1863.

44. Holbein, (J.) La Danse des morts, nouv. ed. composée de 40 feuilles lithographiées, gr. in-4° cartonné.

45. Hucher, (Eug.) Calques des vitraux peints de la cathédrale du Mans, ouvrage renfermant les calques et la réduction des verrières, in-f° max en feuilles. *L'ex. manque de 9 planches qu'on pourra peut-être se procurer.*

46. Hugo (V). Notre-Dame de Paris, édit. illustrée de grav. sur acier, gr. in-8° cart. en toile. Paris, Perrotin 1850.

47. Journées illustrées de la révolution de 1848, gr. in-4°, demi rel. bas. violet. Paris 1849.

48. Lacépède. Histoire naturelle, nouv. édit., 2 vol. gr. in-8°, fig. col., demi rel. chagrin vert. Paris, Furne 1860.

49. LARCHER. La Femme jugée par les grands écrivains des deux sexes, nouv. éd., beau vol. gr. in-8° jolie rel., tr. dor. grav. sur acier. Paris, Garnier 1855.

50. LEBON. Mémoire sur la bataille de Bouvines en 1214, in-8° br., plan. Lille 1335. — Mémoire sur les forestiers de Flandre, in-8 br. et 2 autres volumes

51. LEMAOUT. Botanique, br. in-8° gr., fig. noires et coloriées. Paris, Curmer 1855.

52. LÉVY. Histoire de la peinture sur verre, 2 part. en un volume in-4°, br. fig. Bruxelles 1869. *En feuilles, manque quelques cahiers.*

53. Magasin pittoresque, années 1835 à 1838 et 1840 à 1844, 9 vol. grand in-8°, d. rel. fig. Paris, 1835-49.

54. MAGNAT (l'abbé Casimir). Traité du langage symbolique, emblématique et religieux des fleurs. beau vol. gr. in-8°, figures coloriées, jolie demi-rel. chagrin, tr. dor., Paris 1850. *Ouvrage d'une belle exécution.*

55. MARMONTEL. Les Incas, 2 vol. in-8°, fig. jolie demi-rel. Paris 1777, — Voyages d'Anténor en Grèce et en Asie, par LANTIER. vol. in-8°, rel. Paris 1802.

56. MAROLOIS (Samuel). Perspective, texte Hollandais, in-f°, reliure en vélin, figures. Amsterdam 1630.

57. MARTIN et CH. CAHIER, de la Compagnie de Jésus. Monographie de la cathédrale de Bourges, très fort vol. in-f°, max. gravures de vitraux noires et coloriées, demi rel. Paris, Didot 1841-44.

58. Miniatures, Lettres et Ornements qui décoraient un livre d'heures exécuté à Amiens en 1728. Recueil de 30 sujets sur vélin en un album in-4° oblong cartonné.

59. Missel romain, très fort vol. in-f°, relié en basane, fermoirs et coins en cuivre anciens.

60. Le Monde illustré, d'octobre 1853 à octobre 1857, fort vol. gr. in-4°, jolie demi-rel. chagrin vert. Paris, 1857-58.

61. Manuel de biographie, deux vol. — d'astronomie — d'arithmétique — de physique — du jardinier — poids et mesure, ensemble huit vol. rel. et broch. Paris, Roret.

62. MULLIÉ, de Lille. Les fastes de la France, tableaux de l'histoire de France, in-folio demi reliure, Lille, 1841.

62. NICOLAS (Auguste). Etudes philosophiques sur le christianisme, 9me édit. 4 vol. in-12 br., Paris, 1850.

64. NORVINS. Histoire de Napoléon, illustrée par Raffet, grand in-8, jolie demi-reliure, chagrin rouge, Paris Furne, 1861.

65. Paroissien complet, latin-français, édition illustrée et ornée de jolies gravures, par Overbeck, fort vol. in-18 br., Paris, 1830.

66. PÉLISSON. Œuvres, 3 vol. in-12 rel. — Œuvres de Colardeau, 2 vol. in-12 rel. — Roland Furieux, 4 vol. in-32, cart. et autres volumes.

67. Précis de l'histoire ancienne, romaine, moyen-âge, moderne et de France, par De Michel, Michelet, Poirson et autres. 5 vol in-8 demi-rel. propre, Paris, 1834.

68. Prédictions tirées des centuries de Nostradamus, avec l'explication des médailles en françois, petit in-12, rel. S. L., 1673.

69. Recueil de lettres et autres pièces adressées à la municipalité de Lille, à l'occasion du bombardement en 1792. — Notice sur Augier de Busbecq, par Rouzière, br. in-8 port, Lille, 1864 et 4 autres brures diverses.

70. Répertoire de la littérature ancienne et moderne, 31 vol. in-8 br., Paris, Castil de Courval, 1824.

71. STRADA. Histoire de la guerre de Flandre, trad. par Du Ryer, 2 vol. in-8, figures, parch. Paris, 1670) *bon exemplaire, mais manquant du titre au tome 2.*

72. ROTHSCHILD. Les Fougères, choix des espèces les plus remarquables, beau vol. gr. in-8, cart. riche, tr. dr. Paris 1867.

73. SIMON (Jules). Le Travail, in-8 br., Paris, 1866; les populations ouvrières, par Audigane, 2 vol. in-8 br., Paris, 1860.

74. SMYTTÈRE (DE). Notice sur les armoiries, scels et bannières de Cassel, in-8, fig. br., Lille, 1862. — La bataille de Val-de-Cassel, in-8 br. Hazebrouck, 1865. — Mémoire sur l'apanage de Robert de Cassel, br. in-8 et trois autres brochures.

75. SORIA DIÉGO, Histoire de l'Italie, de 1815 à 1850, 3 vol. in-8 br., Nimes, 1861.

76. STERNE. Voyage sentimental, traduction nouvelle, précédée d'une notice par J. Janin, édition illustrée, par Tony Johannot, gr. in-8 demi-rel., mar. brun, Paris, Bourdin

77. TÉNOT (Eugène). Paris, en décembre 1851, études sur le coup d'état, in-8, jolie demi-rel., chag. rouge, Paris, 1868. — La Province en décembre 1851, étude historique sur le coup d'état, in-8, jolie demi-rel. chag. rouge, Paris 1868.

78. VERLY. Essai de biographie lilloise contemporaine. 1800-1869, gr. in-8 br., Lille, Leleu, 1869.

79. VIOLLET-LEDUC. Dictionnaire de l'architecture française du XI' au XVIe siècle, tome 9 gr. in-8 fig. br., Paris, 1868.

80. DE RIANCEY. La Vie des saints, illustrée en chromolithographie, d'après les anciens manuscrits de tous les siècles, par Kellerhoven, in-4, avec 50 planches, Paris, 1860, en livraisons. *Très belle publication.*

81. Chefs-d'œuvre de la peinture italienne, par Paul Mantz, ornée de vingt planches coloriées, par Kellerhoven, deux cents planches sur bois et 40 culs-de-lampe, magnifique vol. grand in-4 cartonage renaissance, n. r., Paris, Didot, 1870.

82. Grammaire de l'ornemeat, par Owen Jones, illustrée d'exemples pris sur divers styles d'ornements, orné de cent douze belles

planches coloriées et rehaussées, petit in-4, tr. dor. Londres.
1865. *Ouvrage d'une très belle exécution.*

83. Souvenir de la fête donnée le 26 septembre 1848, par le cercle artistique de Bruxelles, aux artistes exposants, superbe vol. gr. infolio orné de vingt-neuf belles planches, demi-rel. chagr. tr. sup. doré, Bruxelles, 1849.

84. Rubar, (Emile). L'art pour tous, encyclopédie de l'art industriel et décoratif, année 1861 (origine) à 1870, neuf volumes grand in-4, Paris, 1861 à 1870, les cinq premiers volumes en demi-rel. mar. rouge; le reste en livraisons.

Estampes.

85. Un album, in-folio oblong, cart., renfermant une grande quantité d'anciennes figures, lettres ornées, culs-de-lampes, vieux bois, etc.

86. Album ou collection complète des costumes de la cour de Rome. beau vol. in-4 br. orné de 80 grav. coloriés, Paris, 1862.

87. Alliance des arts, 16 pièces diverses, gravées et lithographiées.

88. Audran. Bataille d'Alexandrie, 4 pièces, in-folio oblong.

89. Bianchi. Loges du Vatican, par Raphaël, 16 pièces in-4.

90. Le carnaval de Rome, chromo, grand in-folio.

91. Chapelle de la sainte-Vierge à Notre-Dame-de-la-Treille, chromolithographie, in-folio.

92. Le Couronnement de la sainte Vierge, d'après Jean de Frisole, chromo, grand in-folio.

93. Etudes de mains et de pieds, 25 pièces gravées et lithographiées.

94. Collet. Gravures religieuses diverses, 45 pièces.

95. Dessins et aquarelles, 10 pièces diverses.

96. Chevillet. Portrait de Buffon, gravé en 1773, d'après Drouais le fils, *belle épreuve*, encadré.

97. Earlom, (La) sainte-Famille, d'après Rubens, encadrée.

98. Vingt estampes, sujets divers format in-4°, paysages et tableaux, la plupart gravés d'après Rubens.

99. B. Sudre. La chapelle de saint Ferdinand, in-folio maximo rel., figures noires et coloriées, Paris, Claye 1846.

100. Helman, de Lille. Tableaux de la révolution française, gravés en 15 pièces.

101. Iconographie espagnole, pierres tumulaires, peintures diverses, chromo, etc. 13 pièces, plus un portrait de Fernand de Tolède.

102. Jacques (Charles). Eaux fortes, 16 pièces diverses.

103. Lettres ornées et pages de différents manuscrits gothiques, environ 60 pièces, ce lot pourra être divisé.

104. Modèles de dessins, gravés à la sanguine, 21 pièces.

105. MOTTEZ. Huit compositions pour vitraux d'église.

106. Paysages et sujets divers, 18 pièces.

106 *bis*. Vue du château de Courtrai, procession de Notre-Dame-de-la-Treille et quatre autres pièces relatives à Lille.

106 *ter*. Histoire d'Esther et d'Assuérus, 7 grandes pièces gravées au burin par Beauvarlet, d'après De Troy, dans des cadres dorés.

Photographies

107. Vues des principales cathédrales de France et de l'étranger.

108. Statues gothiques des cathédrales de Reims, Strasbourg, etc.

109. Vues de Jérusalem, 30 pièces.

110. Vues diverses, etc., 21 pièces.

111. SADELER. Sainte-Famille et 8 autres pièces.

112. Sujets de piété, par Albert Durer, 16 pièces sur chine, tirage moderne

113. Têtes d'études, 59 pièces gravées et lithographiées.

114. Un lot, gravures anciennes, sujets bibliques et autres divers.

115. Une grande quantité de figures d'ornements, gravées et lithographiées, *ce lot sera divisé*.

116. VISCHER. Cinq portraits empereurs d'Allemagne et deux autres portraits anciens du même genre.

117 Vues d'Espagne lithographiées, 12 pièces.

Dessins

118. Guido Réni (attribué à) tête d'étude. La Croix et le Reliquaire de Bousbecques, dimension de l'original.

119. Un lot de portraits anciens et modernes.

120. Trois Aquarelles par Ramelet, Kermer et une anonyme, *provenant de la vente Hochart*.

Lille, imprimerie Jules Petit, rue Basse, 51.

www.ingramcontent.com/pod-product-compliance
Lightning Source LLC
LaVergne TN
LVHW011456170726
843501LV00009B/3444